Dim Gobaith Caneri!

Dros Ben Llestri

Y casgliad cyntaf o idiomau hwyliog i blant

Testun gan Sian Northey

Cwpledi gan Myrddin ap Dafydd

Lluniau gan Siôn Morris

Dim Gobaith Caneri!

Casgliad o idiomau hwyliog i blant

Testun gan Sian Northey

Cwpledi gan Myrddin ap Dafydd

Lluniau gan Siôn Morris

Gwasg Carreg Gwalch

Argraffiad cyntaf: 2015

Rhif Llyfr Safonol Rhyngwladol:
978-1-84527-526-6

Cyhoeddwyd gyda chymorth ariannol Cyngor Llyfrau Cymru

Clawr a lluniau tu mewn: Siôn Morris
Dylunio: Eleri Owen

Cyhoeddwyd gan Wasg Carreg Gwalch,
12 Iard yr Orsaf, Llanrwst, Dyffryn Conwy, Cymru LL26 0EH.
Ffôn: 01492 642031
e-bost: llyfrau@carreg-gwalch.com
lle ar y we: www.carreg-gwalch.com

Argraffwyd a chyhoeddwyd yng Nghymru

Cyflwyniad

Cafwyd derbyniad rhagorol i DROS BEN LLESTRI – y gyfrol gyntaf o idiomau sy'n cael eu cyflwyno'n fywiog ac yn hwyliog. Felly doedd dim angen oedi cyn comisiynu dilyniant iddi – a dyma hi!

Mae idiomau yn rhoi lliw i iaith bob dydd – yn ffordd gofiadwy o gyflwyno stori neu dynnu darlun. Bydd y llun sydd yn y dywediad yn aros yn y dychymyg – ac yn aml, yn codi gwên yn ogystal. Felly, os am rhoi dipyn o 'wmff' yn eich ffordd o siarad – dyma 64 o idiomau Cymraeg sy'n werth eu dysgu.

Weithiau mae stori gymdeithasol y tu ôl i'r dywediad – fel yn hanes teitl y gyfrol hon. Mae hynny hefyd yn ychwanegu at y cof diddorol sy'n perthyn i eiriau.

Mwynhewch y cyfan – cofiwch nhw a defnyddiwch nhw!

Myrddin ap Dafydd
Medi 2015

Cynnwys

8   Siarad o'r frest

9   Canmol i'r cymylau

10   Traed Brain

11   Tynnu Coes

12   Cerdded Ling-di-long

13   Ar ddu a gwyn

14   Ceffyl blaen

15   Gweiddi nerth esgyrn ei ben

16   Crynu yn ei esgidiau

17   Ar flaen ei dafod

18   Fel jar o bicyls

19   Cynnau tân ar hen aelwyd

20   Methu gwneud pen na chynffon

21   Dim gobaith caneri

22   Newydd sbon danlli

23   Gogor droi

24   Cael y maen i'r wal

25   Fel huddyg i botas

26   Adnabod rhywun ym mhig y frân

27   Boddi yn ymyl y lan

28   Bwrw bol

29   Cadw ci a chyfarth ei hun

30   Cadw trwyn ar y maen

31   Cael pig i mewn

32   Ffraeo fel ci a chath

33   Cicio yn erbyn y tresi

34   Tro ar fyd

35   Tynnu dŵr o ddannedd

36   Troi'r stori

37   Taro'r post i'r pared glywed

38   Taro deuddeg

39   Taeru du yn wyn

40 Syrthio ar ei fai

41 Troi ar ei sawdl

42 Rhoi dau dro am un

43 Rhoi ar gof a chadw

44 Rhaffu celwyddau

45 Pigo bwrw

46 Codi bwganod

47 Moeli clustiau

48 Gwylltio'n gacwn

49 Hel mwg i sachau

50 Mynd i gwrdd â gofid

51 Rhoi ei bump

52 Darfod o'r tir

53 Rhegi fel cath

54 Cynnal a chadw

55 Gwneud y gorau o'r gwaethaf

56 Taro tra bo'r haearn yn boeth

57 Torri'r ias

58 Torri'n deilchion

59 Tynnu blewyn o drwyn

60 Tynnu 'mlaen

61 Troi a throsi

62 Yfed ar ei dalcen

63 Tynnu'n groes

64 Prynu cath mewn cwd

65 Cysgu llwynog

66 Mynd yn fân ac yn fuan

67 Mynd â'r gwynt o'i hwyliau

68 Fel lladd nadroedd

69 Gwthio'r cwch i'r dŵr

70 Daw eto haul ar fryn

71 Dal y slac yn dynn

72 Llwybr tarw

Siarad o'r frest

Roedd hi'n ddiwrnod cinio Nadolig yr ysgol, ac roedd Menna wedi cael ei dewis i siarad ar ran y disgyblion. Roedd angen iddi ddiolch i staff y gegin am eu gwaith drwy'r flwyddyn.

'Wyt ti wedi sgwennu be wyt ti am ei ddweud, Menna?' holodd ei hathro.

Ysgydwodd Menna ei phen ac edrychodd yr athro'n bryderus. Ond pan ddaeth hi'n amser iddi sefyll ar ei thraed roedd Menna'n wych – siaradodd yn glir ac yn gall a hyd yn oed dweud jôc wnaeth wneud i bawb chwerthin.

Gwenodd ei thad pan ddywedodd hi'r hanes y noson honno.

Fel yna oedd dy daid,' meddai, 'bob tro yn siarad o'r frest heb bwt o bapur.'

Ar dy draed, rhoi'r cryndod heibio,
Yna gadael i'r geiriau lifeirio.

Canmol i'r cymylau

'Mae o'n dangos dawn arbennig,' meddai'r athro celf.

'Iwan yw'r peldroediwr gora yn yr ysgol,' meddai'r athro ymarfer corff.

'Fe fydd yn sgwennu llyfrau pan fydd o'n hŷn,' oedd barn yr athrawes Saesneg.

Nid oedd mam Iwan wedi gallu mynd i'r noson rieni felly roedd hi'n awyddus iawn i gael gwbod be oedd yr athrawon wedi ei ddweud wrth dad Iwan amdano.

'Mae ganddom ni fab gwych,' meddai hwnnw, 'roedd pob un ohonynt yn ei ganmol i'r cymylau.'

Wrth guro ei gefn, aeth y gwynt i'w hwyliau,
Nes iddo ddiflannu rhwng y cymylau.

Traed Brain

Gwnaeth Alwyn ei orau i ddarllen y llythyr yn uchel i'w
nain, ond roedd o'n cael trafferth. Yn aml roedd o'n gorfod
dyfalu be oedd y gair cywir.

'Be sy'n bod arnat ti? Ti fel arfer yn gallu darllen mor dda,'
holodd ei nain.

Dangosodd Alwyn y llythyr i'w nain.

'Edrychwch,' meddai, 'mae'n anodd ofnadwy deall y
llawysgrifen.'

Rhoddodd ei nain ei sbectol ar ei thrwyn i edrych yn iawn.

' 'Ti'n deud gwir,' meddai. 'Roedd llawysgrifen fy chwaer
ychydig yn flêr pan oedd hi'n iau, ond bellach mae o fel
traed brain!'

Y mae'r llythrennau, Bobol y Bala!
Fel olion traed y brain mewn eira.

Tynnu Coes

'Mae'n ddrwg gen i Cai, ond fedran ni ddim mynd i'r ffair heddiw,' meddai ei dad, 'mae gen i lawer gormod o waith i'w neud.'

'Beth am fynd am awr yn unig?' holodd Cai.

Ond roedd ei dad yn bendant nad oedd posib mynd. Ceisiodd Cai guddio'i siom, ond roedd hynny'n anodd. Sylwodd ei fam pa mor agos at ddagrau yr oedd.

'Hei,' meddai wrth ei gŵr, 'rho'r gora i dynnu coes yr hogyn!'

Dechreuodd Cai wenu.

'Be? Dach chi ddim o ddifri, Dad?'

'Nag ydw siŵr, dim ond tynnu dy goes di oeddwn i. Mi wnes i addo mynd a chdi'n do? Cer i nôl dy gôt.'

Does dim drygioni yn y meddwl –
Dim ond jôc fach ydi'r cwbwl.

Cerdded Ling-di-long

Roedd y criw ffrindiau'n aros am Elis wrth fynedfa'r pwll nofio ond doedd dim golwg ohono.

'Mae'n gwybod ein bod ni wedi trefnu i gyfarfod yma am ddeg, ' cwynodd Osian.

Edrychodd pawb i lawr y stryd a phwy welsant yn dod tuag atynt ond Elis. Ond doedd o ddim yn brysio – roedd o'n cerdded yn hamddenol gan aros bob yn hyn a hyn i edrych mewn ffenest siop.

'Sbiwch arno fo!' gwaeddodd Osian. 'Mae o'n dwad ling-di-long heb frysio o gwbl, a ninnau'n aros amdano fo!'

Cododd Elis ei law arnynt a dal i gerdded yn araf tuag at ei ffrindiau diamynedd.

Dwl-lali-top yw brys bob amser
Ling-di-long sy'n well o'r hanner.

Ar ddu a gwyn

Roedd mam Deiniol wedi cael cynnig swydd newydd. Roedd yn swydd ddifyr ac yn talu'n well na'i hen swydd ac roedd hi'n hapus iawn. Ond roedd nain Deiniol yn poeni.

'Paid â dathlu nes dy fod wedi cael y cynnig ar ddu a gwyn,' rhybuddiodd. 'Dim ond sgwrs wyt ti wedi'i gael efo nhw.'

Y bore wedyn daeth llythyr gan y cwmni.

'Dyma ni,' gwaeddodd mam Deiniol, 'cadarnhad ar ddu a gwyn, gewch chi roi'r gora i boeni rŵan.'

Yn ôl cyfrifwyr a chyfreithwyr
Gorau cof yw cof ar bapur.

Ceffyl blaen

Pan wnaeth y criw greu band roedd Ben yn mynnu mai fo fyddai'r canwr. Pan oeddan nhw'n actio drama yn yr ysgol fe wnaeth berswadio'r athro i adael iddo gael y brif ran. Pan grëwyd pwyllgor disgyblion fo oedd y cadeirydd.

Chwarddodd ei fodryb pan glywodd hyn.

'Ti'n union fel dy dad,' meddai. 'Tydi yntau ddim yn hapus os nad ydi o'n cael bod yn geffyl blaen! Edrych arno fo rŵan – capten y clwb golff, pen blaenor, cadeirydd y cyngor cymuned.'

Ymhob un clwb a noson lawen
Y mae 'na geiliog pen y domen.

Gweiddi nerth esgyrn ei ben

Dyma'r tro cyntaf i Mirain fynd i wylio gêm rygbi
ryngwladol. Roedd hi wedi gwylio gemau sawl tro ar y
teledu ond roedd bod yno'n y stadiwm yn brofiad hollol
wahanol. Roedd twrw'r dorf yn wefreiddiol.

'Roedd o'n wych, Mam,' meddai ar ôl mynd adref. 'Pan
gawson ni'r cais cyntaf roedd pawb yn gweiddi nerth esgyrn
eu pennau!'

'A chditha?' holodd ei Mam.

'Mi oeddwn i'n gweiddi'n uwch na neb,' atebodd Mirain.

Pan sgoriodd y maswr un pwynt ar hugain
Roedd esgyrn y pennau yn diasbedain.

Crynu yn ei esgidiau

'Arhosa'n fan'na nes y bydd y prifathro wedi cael gair efo chdi,' meddai Mrs Tudur.

Eisteddodd Cemlyn ar y fainc tu allan i ystafell y prifathro yn aros amdano. Roedd o'n crynu yn ei esgidiau. Nid oedd wedi cyfarfod y prifathro newydd eto, ond roedd pawb yn dweud ei fod yn gallu bod yn gas iawn, ac roedd gan Cemlyn ofn cael cerydd ganddo.

Ond roedd y prifathro newydd yn glên iawn ac yn fodlon gwrando ar esboniad Cemlyn.

'Wn i ddim pam oedd gen i gymaint o ofn,' meddai wrth ei ffrindiau wedyn.

Weithiau bydd y pengliniau'n cnocio
Dim ots faint bydd esgidiau'n pwyso.

Ar flaen ei dafod

'Ela, be ydi enwau brodyr Ifan?'

Roedd mam Ela'n sgwennu cardiau Nadolig ac eisiau cyfeirio'r amlen yn gywir.

'Ifan a Siôn a ... Ifan a Siôn a ... '

Roedd hi'n dechrau gwylltio am nad oedd hi'n gallu cofio enw'r trydydd brawd. 'Mae'r enw ar flaen fy nhafod i!'

Dechreuodd eto, 'Ifan a Siôn a ...'

'Ifan a Siôn a Dic,' meddai Ela.

Chwarddodd ei mam. 'Ia siŵr! Diolch i ti.'

Rhywle rhwng dannedd a blaen y wefus
Mae gwagle anferth gan bobl anghofus.

Fel jar o bicyls

'Dim ond ffraeo efo Ifor wnes i,' meddai Trefor, 'ond rŵan does yr un o'r plant o'r pen yna i'r pentref yn fodlon 'mod i'n cicio pêl efo nhw.'

'Maen nhw i gyd yn perthyn i'w gilydd neu yn ffrindiau mawr 'sti,' esboniodd ei fam. 'Maen nhw fatha jar o bicls – rho fforc yn un ac maen nhw i gyd yn symud!'

Edrychodd Trefor yn ddigalon.

'Paid â phoeni,' meddai ei fam, 'unwaith y byddi di ac Ifor yn ffrindiau eto mi fydd pawb yn ffrindiau efo chdi.'

Y picyls bychain, sydyn –
Mae'n rhaid eu bod nhw'n perthyn:
Dim ond rhoi fforc i mewn i'r pot,
Mae'r cwbwl lot yn dychryn!

Cynnau tân ar hen aelwyd

Roedd Gwyn yn synnu pan glywodd fod ei ewythr yn mynd i briodi.

'Dim ond newydd gyfarfod Anna mae o!'

'Hawdd cynnau tân ar hen aelwyd,' meddai ei dad gan wenu. Ond nid oedd Gwyn yn deall.

'Roedd dy ewythr ac Anna yn gariadon pan oeddan nhw yn yr ysgol flynyddoedd lawer yn ôl,' esboniodd tad Gwyn, 'felly roedd hi'n hawdd iawn iddyn nhw syrthio mewn cariad unwaith eto.'

Rhwydd iawn, yn nyfnder cudd y galon
Aildanio'r fflam rhwng hen gariadon.

Methu gwneud pen na chynffon

Pan gyrhaeddodd adref, ceisiodd Aled esbonio be oedd wedi digwydd iddo y diwrnod hwnnw, ond roedd ei stori yn mynd i bob cyfeiriad. Weithiau roedd yn croes ddweud ei hun ac mi oedd yn anghofio dweud rhai pethau.

'Aros funud,' meddai'i dad ar ôl gwrando am ychydig, 'efallai y byddai'n well i ti ddechrau o'r dechrau eto. Dw i methu gwneud pen na chynffon o'r stori, dw i'n deall dim o be wyt ti'n geisio'i ddweud.'

Mae'r dechrau a'r diwedd wedi cymysgu
A phawb sy'n gwrando bron â drysu.

Dim gobaith caneri

Pan ddywedodd mam Siwan ei bod yn bwriadu rhedeg hanner marathon yn yr haf roedd y teulu i gyd yn chwerthin.

'Fedri di ddim rhedeg i ben draw'r ardd. Fedri di byth redeg ras hir!' meddai Siwan.

'Dw i'n dy garu di, ond mi rwyt ti chydig bach yn dew. Wnei di byth lwyddo,' meddai tad Siwan.

'Dim gobaith caneri!' meddai taid Siwan gan chwerthin.

Ond bu mam Siwan yn ymarfer ac ymarfer ac er mai hi oedd yr olaf fe wnaeth hi lwyddo i orffen y ras.

'Dim gobaith caneri, ie?' meddai'n wên i gyd wrth groesi'r llinell derfyn. 'Wel mi roeddech chi i gyd yn anghywir!'

Wedi nwy mewn pwll dan ddaear
Profi'r awyr wnaent â'r adar.

Newydd sbon danlli

Roedd mam Ela'n hoff o brynu pethau o siopau elusen.
Roedd hi hefyd yn falch iawn pan fyddai Ela'n cael dillad
oedd wedi mynd yn rhy fach i'w chyfneither. Yn aml iawn,
rhywbeth ail-law fyddai anrheg pen-blwydd Ela. Ond
roedd eleni'n wahanol.

Tynnodd Ela'r papur oddi ar y parsel a gwirioni pan
welodd liniadur coch newydd sbon danlli.

'Cyfrifiadur ail-law oeddwn i'n ei ddisgwyl,' meddai Ela.
'Mae hwn yn wych! A fi fydd y cyntaf i'w ddefnyddio!'

Nid rhyw hen beth wedi'i gael yn ail law:
Mae'n newydd sbon danlli ar y naw!

Gogor droi

Roedd angen i'r teulu gychwyn i Lerpwl i weld y gêm bêl-
droed ond nid oedd mam Helen yn barod. Roedd hi'n sychu
bwrdd y gegin, yna'n mynd â'r biniau ailgylchu allan, yna'n
newid ei chrys. Oedodd i edrych allan drwy'r ffenest; saib
arall wedyn i roi mwythau i'r gath.

   'Ty'd wir!' gwaeddodd tad Helen o'r car. 'Rho'r gora i ogor
droi neu mi fyddan ni wedi colli dechrau'r gêm!'

Weithiau does run munud wrth gefn –
Wrth lusgwyr traed rhaid dweud y drefn.

Cael y maen i'r wal

Roedd pawb yn y pentref yn cydweld fod angen neuadd bentref newydd, ond roedd llawer o broblemau. Roedd angen arian, roedd angen caniatâd y cyngor, roedd angen darn o dir efo digon o le i neuadd a maes parcio. Roedd mam Dyfrig wedi bod yn ceisio datrys y problemau hyn ers dwy flynedd bellach ac roedd yn treulio llawer o amser yn ysgrifennu llythyrau a ffonio pobl.

'Rhowch gorau iddi hi, Mam, dw i ddim yn meddwl eich bod yn mynd i lwyddo,' meddai Dyfrig un nos Sadwrn.

'Na,' atebodd ei fam, 'dw i'n benderfynol o gael y maen i'r wal eleni. Dw i'n sicr y gwnawn ni lwyddo yn y diwedd. Fe fydd yna neuadd newydd flwyddyn nesa gei di weld!'

Mae ambell garreg yn an . . . ol
A rhaid ei thrin yn benderfynol

Fel huddyg i botas

Roedd y teulu i gyd yn eistedd yn gwylio ffilm yn eu dillad nos ac yn bwyta creision pan ddaeth cnoc ar y drws.

'Edrychwch pwy sy'ma!' gwaeddodd Elliw. 'Modryb Eleri! Doeddan ni ddim yn disgwyl eich gweld chi heddiw.'

'Fel yna ydw i 'sti, Elliw fach,' chwarddodd ei modryb, 'cyrraedd fel huddyg i botas, heb roi rhybudd i neb!'

Ac mi oedd pawb yn falch iawn o weld eu hoff fodryb, rhybudd neu beidio.

Fel y daw parddu i lawr y simnai
Felly bydd rhai ym mhen eu siwrnai.

Adnabod rhywun ym mhig y frân

Roedd rhywun wedi symud i fyw i'r tŷ gwag dros y ffordd i dŷ Marian. Pan welodd mam Marian y dyn ifanc roedd hi wrth ei bodd.

'Steffan!' meddai, 'Steffan Lewis! Sut wyt ti? Sut mae dy fam?'

Roedd Steffan wedi byw yn y pentref am flwyddyn pan oedd o'n blentyn bach, ond roedd o wedi synnu fod mam Marian yn ei gofio.

'Efo'r gwallt coch a'r wên ddireidus 'na, mi fyswn i'n dy adnabod di ym mhig y frân. Lle bynnag y byswn i'n dy weld ti mi fyswn i'n gwybod mai Steffan Lewis oeddet ti.'

Un waith y gwelais i dy wyneb
Bydd yn fy nghof hyd dragwyddoldeb!

Boddi yn ymyl y lan

Roedd Angharad wedi bod wrthi ers dyddiau yn adeiladu cwt newydd i'w moch cwta, un llawer mwy na'r hen gwt. Roedd wedi cael hwyl arni hi ac yn falch iawn o'i gwaith. Yr unig beth oedd ar ôl i'w wneud oedd gosod drws ar y cwt, ond roedd hi'n cael trafferth i wneud hynny, ac yn digaloni.

'Dw i'n rhoi'r gorau iddi,' meddai wrth ei thaid.

'Ond dim ond y drws sgen ti angen ei wneud,' meddai ei thaid. 'Rwyt ti bron iawn â'i orffen. Mi fyddai'n bechod i ti foddi yn ymyl y lan.'

Gafaelodd taid Angharad yn y llif.

'Tyrd, mi wna i dy helpu i wneud y darn olaf yma.'

Wrth ddod o'r môr, does dim yn waeth
Na methu rhoi traed ar dywod y traeth.

Bwrw bol

Roedd mam a modryb Elin wedi bod yn eistedd wrth fwrdd y gegin ers oriau'n siarad. Roedd Elin yn gwybod eu bod wedi cael tair paned o goffi os nad mwy. O'r diwedd cododd ei modryb a mynd adref.

'Roedd Anti Delyth yn siarad lot heddiw,' meddai Elin wrth ei mam.

Esboniodd ei mam fod Anti Delyth yn poeni am rhywbeth ac angen siarad amdano.

'Mi wnaeth les iddi hi gael bwrw'i bol,' dywedodd. 'Dw i'n credu ei bod hi'n teimlo'n well ar ôl cael dweud popeth wrtha i.'

Mae'n dda cael sgwrsio o ddifri weithiau
A gollwng baich oddi ar y sgwyddau.

Cadw ci a chyfarth ei hun

Roedd teulu Elin yn cadw gwesty bychan ac yn cyflogi dynes o'r enw Ann i lanhau'r gwesty bob bore. Ond cyn i Ann gyrraedd byddai mam Elin yn hwfro a thynnu llwch.

Roedd Elin yn chwerthin ar ben ei mam.

'Da chi ddim yn gall, mi fydd Ann yma'n y munud i lanhau'r lle i gyd. Cadw ci a chyfarth eich hun ydi hyn.'

Mae ganddo gorgi, ond dacw Now
Wrth giât y fferm yn cyfarth 'Bow-wow!'

Cadw trwyn ar y maen

Edrychodd Joseff yn ddigalon ar y mynydd o lyfrau a ffeiliau oedd ar fwrdd y gegin. Roedd o'n poeni na fyddai'n gallu gorffen yr holl waith cartref oedd ganddo cyn diwedd y gwyliau.

'Yr unig ffordd i'w wneud, ' esboniodd ei chwaer fawr, 'yw cadw dy drwyn ar y maen. Rhaid i ti ddal ati i weithio a pheidio rhoi'r gorau iddi hi hyd nes dy fod wedi gorffen.'

Nid studio o bell sy'n codi waliau
Ond dal y cerrig a llenwi'r bylchau.

Cael pig i mewn

Roedd taid Cerys yn byw drws nesa iddyn nhw, ac yn dod atynt i gael swper bob nos Wener. Un diwrnod gofynnodd mam Cerys wrthi i fynd i ddweud wrtho na fyddent adref ar y nos Wener yr wythnos honno.

'Wel, wnest ti esbonio wrth Taid y byddai rhaid iddo fo wneud ei swper ei hun nos Wener?' holodd ei mam.

'Sori,' atebodd Cerys. 'Roedd Taid yn siarad ac yn siarad ac yn siarad a doedd dim posib i mi gael fy mhig i mewn. Ac yna fe ddechreuodd y gêm bêl-droed ar y teledu a doedd fiw i mi ddeud gair wedyn.'

Mae'n anodd gan rai gau eu cegau
A dweud ein neges sy'n anodd i ninnau.

Ffraeo fel ci a chath

Doedd ond angen gadael Elfyn a Betsan mewn ystafell efo'i gilydd am ychydig funudau cyn y byddent yn gweiddi ar ei gilydd ynglŷn â rhywbeth. Gallai fod yn rhywbeth mawr neu yn rhywbeth bach, ond byddai pob sgwrs yn troi'n ffrae. Roedd hyn yn poeni eu mam.

'Wn i ddim be i wneud efo nhw,' meddai wrth ei ffrind wrth i'r ddwy gael paned, 'mae'r ddau yn ffraeo fel ci a chath.'

Y gath a'i hewinedd, y ci a'i ddannedd
A'r un o'r ddau yn fodlon gorwedd.

Cicio yn erbyn y tresi

Roedd yna fwy o reolau yn yr ysgol newydd nag yn ei hen ysgol ac roedd Alun mewn helynt byth a beunydd. Gofynnodd y prifathro am gael sgwrs efo Alun a'i dad.

'Pam na fedri di gadw at y rheolau?' holodd ei dad.

'Wn i ddim. Dw i ddim yn hoffi rheolau,' atebodd yn bwdlyd.

'Felly dim ond cicio yn erbyn y tresi wyt ti?' gofynodd y prifathro. 'Dim ond torri rheol er mwyn torri rheol?'

Teimlodd Alun ychydig o gywilydd wrth gyfaddef mai dyna'r gwir.

Pan fydd y drol dan dipyn o bwysau
Mae'r mul yn strancio yn ei gadwynau.

Tro ar fyd

Roedd y plant yn gwneud prosiect am eu pentref ac yn mynd i holi'r hen bobl oedd wedi byw yno ar hyd eu bywydau. Aeth Gwenno i holi Mrs Parri drws nesaf.

'Mae yna dro ar fyd wedi bod, Gwenno fach. Pan oeddwn i'n blentyn roedd pawb yn y pentref yn siarad Cymraeg, ond tydi hynny ddim yn wir rŵan. Mae popeth wedi newid.'

Roedd Mrs Parri'n edrych yn drist a cheisiodd Gwenno ei chysuro.

'Falla daw tro ar fyd eto, Mrs Parri. Rydw i a fy ffrindiau i gyd yn siarad Cymraeg.'

Mae cyfle newydd lle mae tro ar fyd,
Newid er gwell yw hwnnw o hyd.

Tynnu dŵr o ddannedd

Roedd yna dair siop gacennau yn y dref ond dim ond o flaen un y byddai Sioned a'i mam yn aros bob tro i edrych trwy'r ffenest. Hyd yn oed pan na fyddent eisiau cacen byddent yn aros i edrych ar yr arddangosfa yn y ffenest gan ei bod yn werth ei gweld. Roedd yno bob math o gacennau a rheini wedi'u gosod mewn ffordd ddifyr ac atyniadol. Ac yn aml iawn byddai mam Sioned yn deud, 'Tyd, gawn ni un gacen fach yr un, mae'r arddangosfa 'ma yn y ffenest wedi tynnu dŵr o nannedd i.'

Mae'r bwyd yn edrych mor hyfryd a blasus
Nes bod fy ngheg yn diferu'n awchus!

Troi'r stori

Doedd Gwen ddim yn awyddus iawn i drafod ei hadroddiad ysgol a'r ffaith fod pawb am iddi hi gael gwersi mathemateg ychwanegol.

'Mae Mr Roberts yn fodlon rhoi gwers fach ychwanegol i ti amser chwarae,' meddai ei mam.

'Ydi Nain yn dod draw ddydd Sul?' holodd Gwen.

'Yndi. Mae Mr Roberts yn sicr y byddi di'n gallu dal i fyny efo gweddill y dosbarth os gwnei di hynny.'

'Be 'da ni'n gael i swper?' holodd Gwen.

Chwarddodd ei mam. 'Rho'r gora i drio troi'r stori. Mae'n rhaid i ni drafod chdi a gwersi mathemateg.'

Os yw'r sgwrs fel cae o ysgall
Beth am agor giât cae arall?

Taro'r post i'r pared glywed

Mae Cadi'n mynd i ffwrdd a fydd hi ddim yn gallu chwarae pêl-droed am fis,' meddai Mrs Owen wrth ei gŵr. 'Er dwn i ddim pan wnaeth hi sôn efo fi – chdi sy'n hyfforddi'r tîm!'

Chwarddodd ei gŵr. 'Taro'r post i'r pared glywed oedd hi. Roedd hi'n gwybod y byddet ti'n dweud wrtha i, ac efallai bod hynny'n haws na dweud wrtha i ei hun.'

Dweud dy ddweud mewn ffordd reit gall:
Dweud wrth un fydd yn dweud wrth y llall.

Taro deuddeg

Roedd tad Huwcyn wedi cael gwahoddiad i fynd i ganu i'r hen bobl yn y cartref gofal ac wedi perswadio Huwcyn i fynd gyda fo. Bu'r ddau am hir yn trio penderfynu pa ganeuon fyddai orau.

Fe wnaeth yr hen bobl fwynhau'r cyngherdd ond roedd un gân yn amlwg yn ffefryn a phawb yn canu'r gytgan efo Huwcyn a'i dad ac yn gofyn iddynt ei chanu eto.

'Dw i'n falch i ni ddewis honna,' meddai tad Huwcyn, 'hi oedd yr un wnaeth daro deuddeg efo nhw.'

Taro deg – sgôr anrhydeddus!
Taro deuddeg – dyna gampus!

Taeru du yn wyn

Roedd Iolo'n bendant mai fo oedd yn iawn. Roedd o'n hollol sicr ei fod wedi sgorio saith o goliau i dîm yr ysgol y tymor hwnnw, ond roedd cofnodion yr athro ymarfer corff yn dweud mai chwech oedd o wedi sgorio. Disgrifiodd Iolo bob un o'r goliau yn fanwl – yn erbyn pa dîm roeddan nhw'n chwarae, pwy oedd wedi pasio'r bêl iddo a beth oedd y tywydd y diwrnod hwnnw. Daliodd ati i ddadlau ac o'r diwedd newidiodd yr athro y cofnodion.

'Roedd rhaid i mi,' esboniodd yr athro wrth ei wraig y noson honno, 'roedd o'n taeru du yn wyn.'

Er bod rhai'n ei alw'n ffwlbri,
Dal dy dir wrth ddweud dy stori.

Syrthio ar ei fai

Doedd mam Rhodd ddim yn hapus fod y ci ar goll, a doedd hi ddim yn deall sut y gwnaeth ddianc o'r ardd.

'Oes un ohonoch chi'n gwybod unrhyw beth?' holodd, gan edrych ar Rhodd a'i chwiorydd. Roedd pawb yn ddistaw am ychydig. Ond yna penderfynodd Rhodd gyfaddef.

'Fi adawodd y giât fach yn agored,' meddai, 'Mae'n ddrwg gen i.'

'Dw i'n falch dy fod wedi disgyn ar dy fai,' meddai ei mam. 'A rŵan dw i'n gwybod i pa gyfeiriad i fynd i edrych amdano.'

Dim ond camgymeriad bychan –
Ond mae'n well cyfadde'r cyfan.

Troi ar ei sawdl

Roedd mam Deian wedi synnu ei weld adref o'r clwb ieuenctid mor sydyn. Nid oedd ond newydd adael y tŷ

'Wnest ti anghofio rhywbeth?' gofynnodd.

'Naddo,' meddai Deian, 'Gweld eu bod nhw'n chwarae pêl rwyd wnes i. Mae'n gas gen i'r gêm felly mi wnes i droi ar fy sawdl a dod adref.'

Weithiau, yn ein byd amherffaith,
Gwnawn dro crwn a cherdded ymaith.

Rhoi dau dro am un

Roedd Siwan a Catrin wedi cael gwaith dros yr haf yn glanhau carafanau yn y pentref gwyliau. Roedd disgwyl iddynt lanhau pum carafan yr un bob bore. Roedd Siwan yn gorffen ymhell o flaen Catrin bob diwrnod.

'Wyt ti'n siŵr dy fod ti'n glanhau'r carafanau'n iawn?' holodd perchennog y pentref gwyliau.

Gwenodd Siwan. 'Yndw,' atebodd. 'Gweitho'n llawer cynt na Catrin ydw i. Mi fedra i roi dau dro am un iddi hi.'

Er mai'r un yw nerth y gwynt,
Gall ambell felin droi yn gynt.

Rhoi ar gof a chadw

Roedd nain Dewi yn adrodd storïau o hyd – storïau difyr am yr amser yr oedd hi'n ferch fach. Roedd rhai yn storïau trist ac eraill yn storïau doniol iawn ac roedd Dewi wrth ei fodd yn gwrando arni.

'Gobeithio y byddi di'n cofio rhai o'r storïau yma, Dewi,' meddai ei nain wrtho un diwrnod.

Gwenodd Dewi a rhedeg i'w lofft i nôl rhywbeth i'w ddangos i'w nain.

'Edrychwch,' meddai gan roi llyfr nodiadau hardd clawr caled iddi hi. 'Dw i'n sgwennu bob un o'ch storïau yn hwn. Maen nhw i gyd gen i ar gof a chadw.'

Yr unig ffordd i ddiogelu
Hen, hen gof yw drwy sgrifennu.

Rhaffu celwyddau

Pan wnaeth Menna gyfarfod Jim roedd hi'n meddwl ei fod yn fachgen difyr iawn. Roedd o wedi gwneud cymaint o bethau ac wedi bod i bob math o lefydd. Dim ond ar ôl dod i'w adnabod yn well y gwnaeth hi sylweddoli ei fod yn rhaffu celwyddau.

'Tydi Jim ddim wedi bod yn byw yn Awstralia nac wedi neidio allan o awyren,' esboniodd wrth ei ffrind.

'A tydi o yn sicr ddim wedi dofi ceffyl gwyllt na phrynu modrwy aur i'w fam,' ychwanegodd honno, a dechreuodd y ddwy chwerthin.

Stori ar ben stori'n llinyn,
Hawdd iawn i'r gwir yw ei ymestyn.

Pigo bwrw

Roedd Elliw ar fin cychwyn i dŷ Nia, ei ffrind, ym mhen arall y pentref. Estynnodd mam Elliw ymbarel iddi hi, ond ysgydwodd Elliw ei phen.

'Wel rho dy gôt amdanat 'ta, pwt,' meddai ei mam. Ond gadael ei chôt ar y bachyn wnaeth Elliw.

'Mae hi'n bwrw glaw,' meddai ei mam gan edrych allan drwy'r ffenest.

'Dim ond pigo bwrw mae hi,' atebodd Elliw, 'fydd yna ddim mwy na thri diferyn wedi disgyn arna i rhwng fama a thŷ Nia.'

Does dim peryg' imi wlychu,
Nid bwrw mae hi ond diferu.

Codi bwganod

'Ond beth os bydd hi'n bwrw?'

'A beth os bydd y ffarmwr wedi gadael y tarw yn y cae ger yr afon?'

'A beth os na fydd y clipfyrddau newydd a'r rhwydi wedi cyrraedd mewn pryd?'

Roedd Mr Stevens yn trefnu i'w ddosbarth dreulio diwrnod yn astudio'r amgylchfyd ar lan yr afon, ond roedd pawb yn poeni y byddai rhywbeth yn eu rhwystro.

'Rhowch gorau i godi bwganod, blant. Mi fydd popeth yn iawn mi gewch chi weld.'

Yn y manion ofnau lleiaf,
Hawdd dychmygu'r pethau gwaethaf.

Moeli clustiau

Nid oedd Elwyn yn cymryd llawer o sylw o'r sgwrs rhwng ei fam a'i dad. Roedd o rhy brysur yn trio gorffen ei waith cartref cyn i'w ffrind alw. Ond pan glywodd o rhywbeth am 'wyliau yn America' dyma fo'n moeli ei glustiau a dechrau gwrando. Roedd o'n awyddus iawn i gael gwybod a oedd yna unrhyw obaith o gael mynd i'r Unol Daleithiau yn yr haf.

Cadw'r blew a'r gwallt o'r clustiau
Ac fe glywi'r holl storïau.

Gwylltio'n gacwn

'Oedd Jean Tŷ Pen yn flin dy fod ti wedi gadael y giât yn agored a'r defaid wedi bwyta'i blodau?' holodd tad Sera.

'Blin?' meddai Sera. 'Roedd hi wedi gwylltio'n gacwn! Weles i erioed y fath beth – roedd hi'n gweiddi ac yn rhegi, yn neidio i fyny ac i lawr a'i hwyneb yn fflamgoch. Mi wnes i ymddiheuro reit sydyn a rhedeg adref.'

'Well i mi gynnig mynd a hi i'r ganolfan arddio ddydd Sadwrn,' meddai tad Sera, 'a phrynu ychydig o blanhigion iddi hi.'

Mae'r garddwr, lle bu'i flodau hardd,
Yn gwylltio'n gacwn yn ei ardd.

Hel mwg i sachau

Nid oedd gan Tom gi. Fe fyddai'n hoffi cael ci ond roedd ganddo alergedd i gŵn. Roedd rhaid bodloni felly ar Pwdin y gath. Byddai'n dychmygu sut y byddai'n gallu chwarae pêl efo ci, felly fe benderfynodd geisio dysgu Pwdin i chwarae pêl. Weithiau roedd Pwdin yn rhedeg ar ôl y bêl, ond doedd hi ddim yn ei chario'n ôl yn ei cheg. Weithiau roedd Pwdin yn anwybyddu'r gêm yn llwyr.

Roedd mam Tom wedi bod yn gwylio hyn trwy'r bore. 'Hel mwg i sachau ydi hynna gen i ofn, Tom,' meddai. 'Mi wyt ti'n ceisio gwneud rhywbeth hollol amhosib.'

Yn y siop, mae cynnig gwiw:
Llond sach o fwg y barbeciw.

Mynd i gwrdd â gofid

'Ond efallai y bydd hi'n bwrw glaw.'

'Ac efallai na fydd y car yn cychwyn.'

'Neu efallai y bydd rhaid i Mam weithio.'

Roedd Non a'i chwiorydd yn edrych ymlaen at eu trip i'r traeth y diwrnod canlynol ond yn poeni am bob math o bethau a allai fynd o'i le.

'Peidiwch â mynd i gwrdd â gofid, ferched,' meddai'u tad, 'does yna ddim pwrpas poeni am bethau nad ydynt wedi digwydd eto.'

Ffôl yw chwilio am gymylau
A'r haul yn gynnes ei belydrau.

Rhoi ei bump

Roedd nain Elen yn falch iawn o'r corachod bach tegan yn ei gardd o flaen y tŷ, ond roedd dau ohonynt wedi diflannu dros nos.

'Efallai eu bod wedi dod yn fyw ac wedi mynd am dro,' meddai Elen gan chwerthin.

'Biti na fuasai hynny'n wir,' atebodd ei nain, 'ond mae gen i ofn bod rhywun wedi rhoi ei bump arnyn nhw. A rŵan mae gen i ofn iddyn nhw ddod yn ôl i ddwyn mwy. Dw i'n credu y gwna i eu symud nhw i'r ardd gefn.'

Mae 'na bump ar un law flewog,
Pump i fachu pob un geiniog.

Darfod o'r tir

'Dw i'n meddwl mod i wedi gweld blaidd,' meddai Deiniol yn llawn cyffro.

'Paid â bod yn wirion,' atebodd ei dad gan chwerthin.

'Wir yr! I lawr wrth yr afon. Un mawr llwyd.'

Roedd tad Deiniol yn dal i chwerthin.

'Deiniol bach, maen nhw wedi darfod o'r tir ers talwm. Fe gafodd y blaidd olaf yng Nghymru ei ladd tua pum can mlynedd yn ôl.'

Ond wrth iddo ddweud hynny daeth sŵn udo o gyfeiriad yr afon, a gwenodd Deiniol.

Mae mamoth, medd rhai, wedi darfod o'r tir –
Fu'r un yn y dref ers amser hir.

Rhegi fel cath

Eisteddai Mel a'i nain yn yr ardd yn gwrando ar eu
cymydog newydd yn cario dodrefn i mewn i'w dŷ. Roedd o'n
amlwg yn cael trafferth ac yn defnyddio pob math o eiriau
hyll roedd Mel wedi cael ei siarsio i beidio'u defnyddio, a
rhai nad oedd o erioed wedi'u clywed!

'Tyrd i'r tŷ wir, Mel, ' meddai ei nain. 'Dw i ddim yn mynd
i eistedd yn fa'ma yn gwrando ar hwnna'n rhegi fel cath.'

Mae'n brathu a chrafu a hisian a phoeri –
Ar ben y cyfan, mae cath yn rhegi!

Cynnal a chadw

Daeth tad Arwel adref a dweud ei fod wedi cael gwaith newydd yn y stablau rasio.

'Ond saer ac adeiladydd ydach chi, dad. Tydach chi ddim yn gwybod dim byd am geffylau!'

Chwarddodd ei dad. 'Wedi cael gwaith yn cynnal a chadw'r adeiladau ydw i. Mae yna gymaint o stablau ac adeiladau eraill fel bod yna rhyw waith trwsio i'w wneud trwy'r amser.'

Hoelion a morthwyl a choblyn o dwrw –
Rhaid gwneud hyn er mwyn cynnal a chadw.

Gwneud y gorau o'r gwaethaf

Doedd y bwthyn gwyliau ddim byd tebyg i'r lluniau ohono ar y we. Roedd yn fach ac yn flêr ac yn oer a llawer pellach o'r pentref nag oedden nhw'n ei ddisgwyl. Roedd Mali a'i brodyr yn siomedig iawn. Ceisiodd eu mam eu cysuro.

'Mi wna i fynd i gwyno wrth y perchnogion yn y bore,' meddai 'ond am heno rhaid i ni neud y gorau o'r gwaethaf. Mi wna i gynnau tân a gwneud siocled poeth i ni gyd, ac o leiaf mae yna wely i bawb.'

Er mor wael yw pethau arnaf
Gwnaf y gorau o'r hyn sydd waethaf.

Taro tra bo'r haearn yn boeth

Roedd mam Wil yn amlwg mewn hwyliau da iawn. Roedd hi'n canu wrth olchi llawr y gegin.

'Rŵan ydi dy gyfle di,' meddai ei ffrind, 'dyma'r amser i ofyn a gei di ddod efo fi i'r gêm.'

'Ti'n iawn, ' meddai Wil, 'mae'n bwysig taro tra bo'r haearn yn boeth. Efallai na fydd hi mewn cystal hwyliau fory.'

Pan fydd haearn yn goch yn y tân
Bydd morthwyl y gof yn canu'i gân.

Torri'r ias

Nid oedd yr un o'r plant yn y cwmni drama newydd yn àdnabod ei gilydd ac fe deimlai Dona a rhai o'r lleill braidd yn swil. Ond y peth cyntaf wnaeth y wraig oedd yn eu hyfforddi oedd trefnu gêm hwyliog gyda swigod a chwpanau o ddŵr. Gwnaeth hyn i bawb chwerthin.

   'Mi wnaeth hynny dorri'r ias,' meddai Dona wrth ei mam, 'a rŵan dw i'n nabod pawb a ddim yn poeni.'

Ias o oerfel sydd yn y cwmni
Ond mae chwerthin yn ei thorri.

Torri'n deilchion

Roedd yr hambwrdd yn llawn o lestri ac roedd Dwynwen yn ei gario'n ofalus tuag at y gegin. Ond roedd y llawr yn wlyb ac fe lithrodd a disgyn. Syrthiodd y llestri ar y llawr caled a thorri'n deilchion. Dechreuodd Dwynwen grio wrth weld llestri ei mam yn ddarnau bach ar hyd y llawr ym mhob man.

Roedd hi'n disgwyl i'w mam fod yn flin ond y cyfan wnaeth hi oedd gafael mewn brws a dechrau 'sgubo'r holl ddarnau ac yna eu rhoi yn y bin.

'Mi wneith reswm i mi gael llestri newydd,' meddai ei mam yn garedig.

Un ffordd o gael y llestri'n lân
Yw torri'r hen rai'n dipiau mân!

Tynnu blewyn o drwyn

Gwyliodd mam Elin hi'n gosod ei beic yn y sied fel na fyddai lle i feic ei chwaer pan fyddai honno'n cyrraedd adref.

'Pam wyt ti'n gwneud hynna?' holodd. 'Ti'n gwybod y bydd o'n gwylltio dy chwaer.'

'Yn union,' atebodd Elin gan wenu, 'dw i'n mwynhau tynnu blewyn o'i thrwyn hi.'

Mae'n ddigon i gorddi person mwyn
Bod rhywun yn tynnu blewyn o drwyn.

Tynnu 'mlaen

'Sut mae dy nain, Robin?' holodd Mr Daniels.

'Mae hi'n dda iawn, diolch,' atebodd Robin, 'ond mae hi wedi rhoi'r gorau i reidio beic. Mae hi'n deud ei bod hi'n tynnu 'mlaen.'

'Mae hi'n deud gwir,' atebodd Mr Daniels, 'mae dy nain bron 'run oed a fi, ac mi ydw inna'n dechrau teimlo mod i'n mynd yn hen.'

Colli dannedd, colli gwallt –
Mae tynnu 'mlaen yn brofiad hallt!

Troi a throsi

Roedd Bedwyr a'i dad yn aros mewn gwesty am noson a
doedd fawr o hwyliau ar dad Bedwyr amser brecwast. Ar ôl
ychydig ymddiheurodd am fod yn flin.

'Mae'n ddrwg gen i,' meddai, 'Roedd y gwely'n
anghyfforddus a'r ystafell rhy boeth ac o'r herwydd dw i
wedi bod yn troi a throsi trwy'r nos.'

'Diolch byth mai ond un noson 'dan ni yma felly,' meddai
Bedwyr.

'Ia, mi ga i noson iawn o gwsg yn fy ngwely fy hun heno,'
atebodd ei dad gan wenu.

Matres galed, cynfasau'n cosi,
Gwely dieithr . . . a throi a throsi . . .

Yfed ar ei dalcen

Roedd gan Endaf syched ofnadwy ar ôl rhedeg y ras.
Rhoddodd ei chwaer wydriad mawr o ddiod oren iddo ac fe
yfodd o ar ei dalcen. Edrychodd ei chwaer mewn syndod ar
holl gynnwys y gwydryn yn diflannu mewn un llwnc.

'Wyt ti isio mwy?' holodd.

'Oes, plîs,' atebodd Endaf, 'ond mi wna i sipian y nesaf
neu mi fydda i'n sâl.'

Yn chwys diferol, yn fyr ei wynt –
Ni welwyd diod yn diflannu ynghynt.

Tynnu'n groes

Beth bynnag fyddai unrhyw un yn ei ddweud fe fyddai
Tudwal yn anghydweld â nhw. Os oedd un o'i ffrindiau yn
awgrymu mynd i rywle roedd Tudwal eisiau mynd i rhywle
arall. Os oedd ei fam yn cynnig bwyta mewn caffi roedd
Tudwal isio mynd adref i gael bwyd; os oedd yr athro yn
awgrymu ffordd o wneud y gwaith, roedd Tudwal yn mynnu
ei wneud mewn ffordd wahanol.

O'r diwedd gwylltiodd Deri, ei ffrind.

'Mi 'rydan ni gyd wedi cael digon arnat ti'n tynnu'n groes i
bawb o hyd, ' meddai. 'Mi 'rydan ni wedi cael enw newydd i
ti – Tudwal Tynnu'n Groes!'

> Pawb dros wyliau haf yn Llydaw –
> Ond un am fynd i Ynys Manaw!

Prynu cath mewn cwd

Cyrhaeddodd parsel i fam Seren y bore hwnnw. Roedd hi wedi prynu dillad newydd oddi ar y we. Ond pan agorodd hi'r parsel roedd hi'n siomedig iawn – roedd y siwmper yn denau a doedd lliw'r crys ddim byd tebyg i'r llun ar y sgrin.

'Mae nain yn deud mai prynu cath mewn cwd ydi prynu pethau oddi ar y we,' meddai Seren.

'Efallai bod dy nain yn iawn,' cyfaddefodd mam Seren. 'Dw i'n difaru rŵan na wnes i yrru i'r dref fel fy mod i'n gallu gweld y dillad yn y siop cyn eu prynu.'

Waeth heb cael siom na theimlo'n flin
Os nad yw'r lliw fel lliw ar sgrîn.

Cysgu llwynog

Gan fod Taid yn cysgu yn ei gadair o flaen y tân, roedd Jac a Casi yn teimlo'n hollol saff yn trafod pa lyfr i'w gael iddo'n anrheg pen-blwydd. Amser te, dywedodd Taid ei fod yn gwerthfawrogi'r syniad ond ei fod eisioes wedi darllen pob llyfr gan yr awdur yna.

Ond sut oeddech chi'n gwybod mai dyna roeddan ni'n feddwl ei brynu ichi?' holodd Casi.

Chwarddodd Jac. 'Mae'n rhaid mai cysgu llwynog roedd Taid – dim ond esgus cysgu er mwyn cael gwrando arnon ni!'

> Er bod y corff mor llonydd,
> Ei wyneb mor ddi-hid,
> A'r ddau lygad wedi'u cau:
> Mae Taid yn glustiau i gyd!

Mynd yn fân ac yn fuan

Roedd Ceinwen yn chwerthin bob tro y gwelai Mr a Mrs Prys yn cerdded i lawr y stryd. Roedd gan Mr Prys goesau hirion a byddai'n cerdded yn bwyllog gan gymryd camau mawr. Roedd ei wraig wrth ei ochr yn hollol wahanol. Byddai hi'n mynd yn fân ac yn fuan.

'Mae hi'n symud fel deryn bach,' meddai Ceinwen wrth ei brawd.

'Neu fel y cŵn bach 'na, Chiuahuas,' meddai ei brawd, 'camau bach, bach, cyflym, cyflym.'

A dechreuodd y ddau chwerthin mor uchel nes i Mr a Mrs Prys stopio a throi i edrych arnynt.

Mrs Chiuahua ar y stryd
Camau cyflym, ond byr eu hyd.

Mynd â'r gwynt o'i hwyliau

Roedd Rhiannon yn llawn cynlluniau be oedd hi a'i ffrind
Nerys yn mynd i'w wneud yn ystod gwyliau'r haf.

'Mi gawn ni fynd i nofio, ac i wersylla am noson neu
ddwy, ac i wrando ar y bandiau yn canu yn y parc.'

Ond aeth y gwynt o'i hwyliau pan esboniodd Nerys ei bod
hi'n mynd i aros at ei chwaer fawr yn Ffrainc trwy'r gwyliau.

' O... O...' meddai Rhiannon, ''dw i ddim yn gwbod be i'w
wneud rŵan.'

Llong ar fôr a'i hwyliau'n weigion:
Ni wna'r un daith ond mewn breuddwydion.

Fel lladd nadroedd

Pan adawodd Elgan am yr ysgol yn y bore roedd yr ardd yn wyllt ac yn flêr ar ôl y gaeaf. Pan ddaeth adref roedd yr ardd yn dwt ac yn daclus, pobman wedi'i chwynnu ac ambell blanhigyn newydd wedi'i blannu.

'Pwy sydd wedi bod yn eich helpu?' holodd Elgan ei fam.

'Neb!' atebodd hithau gan fynd i olchi ei dwylo budron. 'Fi wnaeth o i gyd. Dw i wedi bod wrthi fel lladd nadroedd trwy'r dydd. Dw i ddim yn credu mod i erioed wedi gweithio mor galed.'

Wrthi'n ddyfal iawn am hydoedd
Heb gael hoe – mae fel lladd nadroedd.

Gwthio'r cwch i'r dŵr

Rhoddodd tad Mei y ffôn i lawr a gwenu.

'Reit,' meddai, 'dw i wedi cael hyd i gae i'r Sgowtiaid wersylla, ac mi wna i dalu'r ffermwr. Dyna fi wedi gwthio'r cwch i'r dŵr. Rŵan mae'r trefniadau wedi dechrau fe fydd yn haws i rywun arall wneud y gweddill.'

'Diolch, dad,' meddai Mei, 'roedd angen i rywun wneud y cam cyntaf.'

Un cnoc ar ddrws, un alwad ffôn
Ac mae'r olwynion ar y lôn.

Daw eto haul ar fryn

Roedd hi wedi bod yn ddau fis ofnadwy i deulu Ifan. Roedd Ifan wedi torri'i fraich wrth ddisgyn oddi ar ei feic; roedd tad Ifan wedi colli'i waith yn y ffatri; roedd y bochdew a'r pysgodyn aur wedi marw a rŵan roedd mam Ifan yn sâl.

Roedd Ifan yn ddigalon oherwydd hyn i gyd. Ceisiodd ei nain godi'i galon.

'Fydd hi ddim fel hyn am byth, 'sti, ' meddai. 'Fe ddaw eto haul ar fryn. Mi ddaw petha'n well.'

'Gobeithio wir,' meddai Ifan.

'Fe ddaw eto haul ar fryn:
Os na ddaw hadau, fe ddaw chwyn.'

Dal y slac yn dynn

Roedd Gwion wedi gorffen y gwaith roedd yr athro wedi'i osod iddynt ymhell o flaen pawb arall. Ond doedd o ddim am i'r athro ddeall hynny neu mi fyddai'n cael mwy o dasgau i'w gwneud. Felly daliodd ati i edrych ar y sgrin a theipio ambell air.

'Be ti'n neud, Gwion?' holodd ei ffrind.

'Dal y slac yn dynn,' atebodd Gwion. 'Dw i'n esgus mod i'n brysur neu fe fydd Mr Jones yn rhoi mwy o waith i mi.'

Os yw'r ffrwyn ar war y merlyn,
Ni wnaiff ddringo'r gelltydd wedyn.

Llwybr tarw

I gerdded o'i thŷ hi i dŷ ei modryb roedd angen i Dwynwen
fynd i lawr y ffordd at yr eglwys, troi i'r dde wrth yr ysgol,
dringo'r allt ac yna mynd i'r chwith. Fel arfer byddai'n
cymryd tua chwarter awr iddi hi gerdded yno, ond un
diwrnod roedd ei modryb wedi synnu ei bod wedi cyrraedd
mor sydyn.

'Dw i wedi darganfod llwybr tarw,' esboniodd Dwynwen.
'Mae'n llawer cynt os dw i'n mynd yn syth ar draws y
fynwent a heibio cefn y dafarn.'

Pan mae'r sgwrs yn troi mewn cylchoedd,
Rwdlan rownd a rownd am hydoedd,
Weithiau, er mwyn cyrraedd at y gwir,
Mae angen llwybr tarw dros y tir.